24 Mai 1886.

V

Vente du Lundi 24 Mai 1886

HOTEL DROUOT, SALLE N° 8

TABLEAUX

ANCIENS

EXPOSITIONS

Particulière. Le Samedi 22 Mai 1886.

Publique. Le Dimanche 23 Mai 1886.

De une heure à cinq heures

COMMISSAIRE-PRISEUR

Me PAUL CHEVALLIER

10, rue Grange-Batelière.

EXPERT

M. E. FÉRAL, peintre,

Faubourg-Montmartre, 54

IMPRIMERIE PILLET ET DUMOULIN
RUE DES GRANDS-AUGUSTINS, 5, A PARIS.

CATALOGUE

DE

TABLEAUX

ANCIENS

PRINCIPALEMENT DE L'ÉCOLE HOLLANDAISE

Arrivant de l'Etranger

Dépendant de la Collection de M. X...

ŒUVRES REMARQUABLES DE :

BACKHUYSEN, D. DE HEEM, LINGELBACH, PYNACKER
REMBRANDT, J. ET S. RUYSDAËL, TENIERS, VAN DE VELDE
WEENIX, WOUWERMAN, WYNANTS, ETC.

DONT LA VENTE AURA LIEU

HOTEL DROUOT, SALLE N° 8,

Le Lundi 24 Mai 1886, à deux heures.

COMMISSAIRE-PRISEUR	EXPERT
Me PAUL CHEVALLIER	M. E. FÉRAL, peintre
10, rue de la Grange-Batelière, 10	54, faubourg Montmartre, 54.

Chez lesquels se trouve le présent Catalogue.

EXPOSITIONS { PARTICULIÈRE : *Le Samedi 22 Mai 1886.*
PUBLIQUE : *Le Dimanche 23 Mai 1886.*

De une heure à cinq heures.

CONDITIONS DE LA VENTE

La vente sera faite au comptant.

Les acquéreurs payeront cinq pour cent en sus des enchères.

DÉSIGNATION

TABLEAUX ANCIENS

ASSELYN (JAN)

1 — *Paysage.*

Sur la gauche, un bâtiment en ruine contre lequel est un lavoir, une femme y lave du linge ; sur le devant, des chèvres et des moutons groupés auprès d'un massif de plantes en fleurs ; dans le fond, des montagnes.

Toile. Haut., 82 cent.; larg., 64 cent.

BACKHUYSEN (Ludolff)

2 — *Un grain dans la rade.*

Le ciel est couvert de gros nuages, la mer agitée, le vent souffle avec violence ; au premier plan, un yacht royal, portant le pavillon hollandais, se dispose à rentrer au port ; plusieurs vaisseaux de guerre et bateaux marchands sillonnent la mer. Dans le fond, on distingue la ville d'Amsterdam.

Œuvre importante du maître, citée dans le catalogue raisonné de Smith, VIe vol., p. 407.

Toile. Haut., 1 m. 14 cent.; larg., 1 m. 69 cent.

BACKHUYSEN (Ludolff)

3 — *La Tempête.*

Un ouragan agite la mer, un vaisseau de guerre roule entre des vagues énormes qui menacent de le jeter contre les rochers qui longent la côte.

Toile. Haut., 87 cent.; larg., 1 m. 26 cent.

BACKHUYSEN (Ludolff)

4 — *Un orage en mer.*

Le ciel est sombre; un rayon de soleil, perçant les nuages, éclaire vivement la mer et un bateau qui se trouve au premier plan, dont les marins se hâtent de serrer les voiles.

Toile. Haut., 73 cent. larg., 1 m. 19 cent.

BACKHUYSEN (Ludolff)

5 — *La Rade d'Amsterdam.*

Un vaisseau, toutes voiles déployées, quitte le port pour gagner la pleine mer. On aperçoit la ville, vers le fond.

Toile. Haut., oo cent.; larg., oo cent.

BERGHEM (Nicolas)

6 — *Sacrifice à Jupiter.*

Le grand prêtre, vêtu de blanc et portant une couronne de lauriers, est debout, devant la statue de Jupiter, se disposant à sacrifier une chèvre et un taureau blanc, ses aides sonnent de la trompe et allument le bûcher.

Ce tableau, d'un ton clair, est remarquable par la fermeté de l'exécution.

Toile. Haut., 1 m. 64 cent.; larg., 1 m. 35 cent.

CANALETTI (ANTONIO DA CANAL, dit)

7 — *Vue de Venise.*

La vue est prise sur le grand canal qui est animé par des gondoles chargées de nombreux personnages; à droite, le palais des Doges et une partie de la Piazzetta; à gauche, la douane.

Toile. Haut., 75 cent.; larg., 1 m. 15 cent.

DIETRICH (CH. W.)

8 — *Voyageur au repos.*

Dans une salle d'auberge, un homme assis devant une table tient un pot de bière; plus loin, une servante lui apportant des œufs dans un plat.

Bon petit tableau, peint dans le style de Teniers.

Bois. Haut., 28 cent.; larg., 40 cent.

DOLCI (Carlo)

9 — *Saint Charles Borromée.*

Il est debout, vu à mi-corps, couvert d'une aube avec camail rouge à capuchon, il tient un Christ à la main droite.

Toile. Haut., 95 cent.; larg., 76 cent.

DOLCI (Carlo)

10 — *Saint Sébastien.*

Vu à mi-corps en partie couvert d'un manteau bleu, il tient quelques flèches.

Toile ovale. Haut. 73 cent.; larg., 65 cent.

FYT (attribué à Johannes)

11 — *Fruits et gibier.*

Des raisins, des pommes, des poires, des abricots dans un vase de cuivre cannelé posé sur une table couverte d'un tapis de velours bleu, auprès de quelques oiseaux morts; un lièvre et des perdrix sont suspendus auprès d'une chaise sur le dossier de laquelle un perroquet est perché.

Toile. Haut., 1 m. 08 cent.; larg., 95 cent.

— —

GOYEN (JAN VAN)

12 — *Site hollandais.*

A droite, une rivière; un homme, monté dans un bateau, se dirige vers des chaumières qui se trouvent sur le bord. Sur le devant, une femme et un enfant causant avec un pêcheur à la ligne; des arbres longent la rivière.

Toile. Haut., 47 cent.; larg., 88 cent.

GOYEN (JAN VAN)

13 — *Paysage.*

Une route au bord de laquelle se trouvent quelques maisons de paysans; un homme et une femme sont occupés auprès d'un puits construit en briques; plus loin, quelques charrettes arrêtées devant une auberge.

Bois. Haut., 35 cent.; larg., 5o cent.

GUARDI (FRANCESCO)

14 — *Une fête à Venise.*

De nombreuses gondoles sont placées ou se rangent le long des palais et maisons qui bordent le grand canal;

quatre d'entre elles, richement pavoisées, se mettent au centre; les fenêtres et les quais sont encombrées de curieux.

Les dignitaires de la ville occupent le balcon d'un palais orné de trophées.

Toile. Haut., 70 cent. larg., 92 cent.

GUARDI (Francesco)

15 — *Vue de Venise.*

Le grand canal; à droite, la façade du palais Ducal et une partie de la Piazzetta avec les deux colonnes; plus loin, à gauche, la douane et l'église de Sainte-Marie. De nombreuses gondoles et bateaux sillonnent et animent le canal.

Toile. Haut., 51 cent.; larg., 73 cent.

HEEM (Jan-Davidz de)

16 — *Fruits et objets divers sur une terrasse.*

Des pêches, des raisins et autres fruits dans un plat; à droite, un homard et des légumes; à gauche, des flacons à liqueurs, un vase d'or et une cafetière en argent; auprès, une corbeille de fruits, etc.

Fond de paysage. Œuvre importante du maître.

Toile. Haut., 1 m. 73 cent.; larg., 2 m. 03 cent

*

HEEMSKERK (EGBERT VAN)

17 — *Noce de village.*

La scène se passe dans une auberge où se trouvent réunis de nombreux invités. Les nouveaux mariés dansent ensemble.

Œuvre importante du maître. On croit reconnaître parmi les personnages le portrait de Jan Steen.

Toile. Haut., 75 cent.; larg., 1 m.

HUCHTENBURGH

18 — *Retour de chasse.*

Des dames et des seigneurs sont réunis dans la cour d'une riche habitation hollandaise. Rentrant de la chasse, l'une des dames, descendue de sa monture, regarde le gibier que les valets ont jeté à terre.

Sur la gauche, des jardins ; vers le fond, un château ; à l'horizon, des montagnes.

Toile. Haut., 69 cent.; larg., 90 cent.

JORDAENS (Jacques)

19 — *Après le bain.*

Trois nymphes, couchées sur des draperies de différentes couleurs, dorment auprès d'une fontaine, à l'ombre de quelques arbres.

Un berger les contemple.

Toile. Haut., 45 cent.; larg., 58 cent.

LINGELBACH (Johannes)

20 — *Les bords du Tibre.*

La vue paraît prise aux environs de Rome; de nombreux baigneurs sont assis ou couchés sur les bords du fleuve; au second plan, un homme conduit des chevaux pour les abreuver; plus loin, un pont.

Beau et important tableau de l'artiste.

Toile. Haut., 79 cent.; larg., 71 cent.

LINGELBACH (J.)

21 — *Port de mer.*

De nombreux personnages se promènent sur les quais; une femme vend des légumes; plus loin, des chèvres et des moutons; au centre, une dame richement vêtue est suivie d'un domestique portant un parasol.

Un trois-mâts et d'autres bateaux sillonnent la mer ou sont amarrés sur les bords des quais.

Toile. Haut., 84 cent.; larg., 1 m.

LINGELBACH (J.)

22 — *Halte de chasse.*

Des chasseurs se sont arrêtés près d'une auberge ; l'un tient les chiens sous sa garde, un autre porte un faucon sur le poing ; près d'eux un vieux cheval, mangeant dans une auge.

LORRAIN (Claude-Gelée, dit le)

23 — *Site d'Italie.*

Un cours d'eau se jetant dans un fleuve traversé par un pont de pierre et qui s'étend dans un site verdoyant se perdant entre les montagnes qui bordent l'horizon ; à droite, de grands rochers sur lesquels s'élève un petit temple et une villa entourée d'arbres. Un voyageur et des femmes conduisant des bestiaux traversent un pont de bois ; à gauche, un berger, assis à côté d'une petite paysanne, joue du chalumeau en gardant un troupeau de chèvres.

Grande et importante composition, gravée dans l'œuvre de Vérité.

Toile. Haut., 1 m. 31 cent.; larg., 1 m. 75 cent.

La vue s'étend sur un pays plat ; au fond, des montagnes.

Toile. Haut., 50 cent.; larg., 60 cent.

MARIESCHI

24 — *Vue de Venise.*

La vue est prise sur le grand canal en face du Carne Reggio, près de la tour de l'église Saint-Jérémie que l'on aperçoit au second plan.

Sur le devant, des gondoles ; quantité de figures circulent sur les quais.

Toile. Haut., 53 cent.; larg., 1 m. 13 cent.

MOLENAER (N.-C.)

25 — *L'hiver en Hollande.*

Une ville au bord d'une rivière glacée sur laquelle se trouvent de nombreux patineurs.

Les figures sont de Lingelbach.

Toile. Haut., 62 cent.; larg., 70 cent.

MURILLO (BARTHOLOME-ESTEBAN)

26 — *La Vierge et l'Enfant Jésus.*

Assise, vue en pied, la tête de face, vêtue d'une robe rouge avec écharpe sur les épaules, la Vierge tient dans ses bras l'Enfant Jésus, qui regarde le spectateur, appuyant sa tête sur l'épaule gauche de sa mère.

Toile. Haut., 1 m. 50 cent.; larg., 1 m. 02 cent.

NATTIER (J.-M.)

27 — *Portrait présumé de Louis XVI enfant.*

Représenté à mi-corps, de face, la main gauche sur la hanche; il porte une cuirasse, l'ordre de la Toison d'or sur la poitrine, une écharpe nouée à la ceinture.

Fond de ciel avec marine et vaisseau de guerre.

Charmant portrait.

Toile. Haut., 80 cent.; larg., 63 cent.

NEEFS (PETER)

28 — *Intérieur d'église.*

Au centre, la nef; les chapelles sont ornées de tableaux; on aperçoit, vers le fond, le maître-autel.

De nombreuses figures attribuées à Teniers animent ce tableau.

Bois. Haut., 45 cent.; larg., 50 cent.

NEER (Aart van der)

29 — *L'hiver en Hollande.*

La vue est prise près des remparts de la ville de Harlem; sur le devant, des terrains marécageux couverts de neige, de nombreux personnages jouent sur la glace, d'autres circulent avec des traîneaux ou montés sur des chevaux.

Au second plan, les remparts de la ville de Harlem et les maisons au-dessus desquelles s'élève le clocher de la cathédrale, le tout éclairé par un soleil doré.

Les figures, dans cette importante composition, sont par Al. Cuyp.

Toile. Haut., 1 m. 37 cent.; larg., 2 m. 12 cent.

OMMEGANCK (B.-P.)

30 — *L'Abreuvoir.*

Des moutons et des chèvres se désaltèrent dans un cours d'eau, conduits par un berger et une femme montée sur un âne.

A gauche, un rocher couvert de plantes grimpantes ; dans le fond, des collines noyées dans la vapeur du soleil couchant.

Bois. Haut., 37 cent., larg. 50 cent.

ORLEY (Bernard van)

31 — *La Sainte Famille.*

La Vierge tient l'Enfant Jésus dans ses bras; près d'elle, saint Joseph et sainte Elisabeth.

Fond de paysage avec chaumière.

Bois. Haut., 52 cent.; larg., 63 cent.

PANNINI (G.-P.)

32 — *Port de mer.*

Les quais sont encombrés de marchandises que les hommes du port chargent sur un bateau ; à droite, un palais en ruine ; sur la gauche, une forteresse ; dans le fond, des montagnes.

Toile. Haut., 86 cent.; larg., 1 m. 14 cent.

PYNACKER (Adam)

33 — *Paysage et animaux.*

Un arbre, au tronc noueux et aux branches brisées, s'élève contre des rochers couverts de ronces ou de plantes grimpantes. Un taureau, agacé par un chien, s'élance sur lui la tête baissée.

Cité dans le catalogue raisonné de Smith, t. VI, p. 289.

Toile. Haut., 1 m.; larg.,

PYNACKER (A.)

34 — *Paysage accidenté.*

Un pâtre garde des bestiaux sur un monticule; vers la droite, un pays plat avec montagnes à l'horizon.

Toile. Haut., 44 cent.; larg., 58 cent.

REMBRANDT (Van Ryn)

35 — *Le Seigneur au faucon.*

Il est représenté debout, vu à mi-corps, coiffé d'une toque avec plumes; cheveux longs, barbe épaisse encadrant le visage, une chaîne d'or pend sur sa poitrine; il tient à la main droite un faucon capuchonné.

Belle peinture, remarquable par la vigueur et la richesse du coloris.

Toile. Haut., 1 m.; larg., 80 cent.

RUYSDAEL (Jacques)

36 — *Site norvégien.*

Un torrent qui coule entre des rochers se précipite en cascades sur le premier plan, entraînant les arbres coupés; à droite, une cabane de bûcherons près de laquelle poussent des sapins. Vers le fond, une tour, au sommet d'un rocher, vivement éclairée par le soleil.

Œuvre importante du maître, d'une parfaite conservation.

Signé à droite.

Haut., 1 m. 25 cent.; larg., 98 cent.

RUYSDAEL (Jacques)

37 — *Paysage boisé.*

Une femme, assise au pied d'un arbre, cause avec un homme suivi de son chien.

Figures de Lingelbach.

Toile. Haut., 58 cent.; larg., 37 cent.

RUYSDAEL (Salomon)

38 — *L'Abreuvoir.*

Un troupeau de vaches et de moutons se désaltèrent dans une nappe d'eau qui occupe le premier plan; sur les côtés, de grands arbres dont le feuillage se détache sur un ciel nuageux; au centre, un pays plat et fuyant où serpente un cours d'eau.

Tableau important du maître, signé du monogramme.

Toile. Haut., 1 m. 08 cent.; larg. 2 m.

TENIERS (David) le fils

39 — *Paysage.*

Au centre, un château entouré d'eau; plusieurs personnages montent dans un bateau; à droite, sous de grands arbres, des paysans causant; près d'eux, un seigneur suivi d'un page salue deux dames qui marchent à sa rencontre; plus loin, un chasseur tire sur des canards.

Toile. Haut., 1 m. 86 cent.; larg., 2 m. 86 cent.

UDEN (van) et RUBENS (attribué à P.-P.)

40 — *Le Repos de la Sainte Famille.*

La Vierge, assise au pied d'un arbre, tient l'Enfant Jésus endormi sur ses genoux; trois chérubins lui amènent un agneau.

Tableau gravé par Hollar.

Toile. Haut., 1 m. 50 cent.; larg., 1 m. 20 cent.

VAN LIN (Hans)

41 — *Choc de cavalerie.*

Au centre, un homme monté sur un cheval blanc.

Excellent tableau d'un maître rare, rappelant les œuvres de P.-L. Wouwerman.

Toile. Haut., 78 cent.; larg., 1 m. 22 cent,

VELDE (William van den)

42 — *Marine.*

Les eaux de la mer sont légèrement agitées, un yacht royal est salué par deux vaisseaux de guerre; à gauche, un bateau à voiles.

Dans le fond, une flotte. Le ciel est chargé de gros nuages.

Toile. Haut., 75 cent.; larg., 1 m. 08 cent.

VELDE (W. VAN DEN)

43 — *Calme plat.*

Au centre, un yacht.

Bois. Haut., 37 cent.; larg., 41 cent.

VERNET (JOSEPH)

44 — *Marine. — Effet de nuit.*

Quelques bateaux sillonnent la mer; au second plan, deux navires de guerre; sur le devant, des pêcheurs ayant amarré leur bateau se disposent à rejoindre leurs compagnons qui se chauffent autour d'un feu.

Toile. Haut., 98 cent.; larg., 1 m. 35 cent.

VERNET (JOSEPH)

45 — *Soleil levant.*

Vue d'une rade des bords de la Méditerranée.

La mer est calme, un navire de guerre stationne au centre; à gauche, des pêcheurs au pied d'un rocher retirent leurs filets chargés sur un bateau.

Toile. Haut., 69 cent.; larg., 96 cent.

VICTOOR (JAN)

46 — *Un Rabbin.*

Il est vu jusqu'à la ceinture, porte une longue barbe et a la tête couverte d'une toque.

Rare et bonne peinture, rappelant les œuvres de Rembrandt.

Toile. Haut., cent.; larg., cent.

VRIES (JEAN DE)

47 — *Paysage.*

Deux personnages causent auprès d'une construction en ruine entourée d'arbres. Sur le devant, un ruisseau et des arbres renversés, auprès des rochers couverts d'arbustes.

Tableau remarquable de l'artiste, digne des œuvres de J. Ruysdaël.

Toile. Haut., 1 m. 03 cent.; larg., 92 cent.

VRIES (JEAN DE)

48 — *Paysage.*

Un berger conduit un troupeau de bœufs et de moutons

le long d'un chemin sablonneux qui descend à un village; à droite, des arbres au bord d'une rivière.

Bois. Haut., 76 cent.; larg., 1 m.

WEËNIX (Jan)

49 — *Le Retour de l'Enfant prodigue.*

Il est couvert d'habits en lambeaux, agenouillé aux pieds de son père; qui est debout devant son palais, suivi d'une jeune dame, d'une servante et d'un petit nègre portant un parasol.

Dans le fond, des jardins.

Toile. Haut., 1 m.; larg., 1 m. 10 cent.

VERSCHURING (W. H.)

50 — *La Partie de tric-trac.*

Sur la terrasse d'une superbe habitation hollandaise donnant sur un jardin, deux jeunes seigneurs, assis devant une table couverte d'un tapis de velours, jouent au tric-trac ; près d'eux, deux jeunes femmes debout, l'une vue de dos vêtue d'un élégant costume : robe de satin blanc avec corsage de velours bleu.

Toile. Haut., 60 cent.; larg., 50 cent.

WERFF (PIERRE VAN DER)

51 — *Suzanne et les Vieillards.*

La jeune femme est représentée dans un parc, assise sur un banc de pierre devant un bassin ; elle paraît effrayée des vieillards qui sont derrière elle, près d'un vase orné de bas-reliefs.

Bois. Haut., 46 cent. ; larg., 38 cent.

WERFF (PIERRE VAN DER)

52 — *La mort de Cléopâtre.*

Elle est représentée dans son palais, mourante, couverte d'un manteau d'hermine et entourée de ses suivantes dont l'une est évanouie ; à gauche une fenêtre.

Bois. Haut., 47 cent.; larg., 32 cent.

WITT (EMMANUEL DE)

53 — *La vieille église de Delft.*

La vue est prise au bas de la nef et s'étend au delà du chœur fermé par une balustrade en bois sculpté ; à droite, la chaire; devant, un seigneur vêtu de noir, cause avec un ouvrier occupé à faire des travaux.

Toile. Haut., 92 cent.; larg., 1 m. 12 cent.

WOUWERMAN (Philips)

54 — *Paysage avec cavaliers.*

Deux voyageurs, montés sur leurs chevaux, longent une route au bord de laquelle une pauvre femme est assise ; au second plan, la maison rustique d'un maréchal ferrant, deux paysans font ferrer leurs mulets ; deux hommes, assis sur le sol, causent avec une femme.

Toile. Haut., 59 cent.; larg., 76 cent.

WOUWERMAN (Ph.)

55 — *L'hiver en Hollande.*

Au centre, des chaumières au bord d'un canal glacé où se trouvent différents personnages montés sur des traîneaux.

Tableau de la première manière du maître, signé du monogramme.

Bois. Haut., 51 cent.; larg., 67 cent.

WOUWERMAN (Pierre)

56 — *Chasse au cerf.*

Dans un paysage accidenté et verdoyant, auprès d'une riche habitation hollandaise, des chasseurs suivis de leurs chiens poursuivent un cerf; à gauche, un bouquet d'arbres auprès desquels un homme sonne de la trompe.

Dans le fond, des collines.

Tableau important. Signé.

Toile. Haut., 85 cent.; larg., 1 m. 18 cent.

WYNANTS (Jan)

57 — *Le Soir.*

Un arbre au tronc noueux, entouré de ronces et de plantes à larges feuilles, pousse au bord d'un chemin sinueux que parcourent une femme et son enfant; au second plan, un chasseur sort d'un petit bois suivi de ses chiens.

Important tableau du maître.

Les figures par Lingelbach.

Toile. Haut., 1 m. 03 cent.; larg., 95 cent.

WYNANTS (Jan)

58 — *Paysage boisé, coupé par un cours d'eau.*

A droite, des chasseurs, suivis de leurs chiens et accompagnés de valets portant des faucons sur le poing, suivent une route bordée de grands arbres; à gauche, deux pêcheurs à la ligne au bord d'un cours d'eau qui se perd dans le fond du bois.

Belle composition.

Figures de Lingelbach.

Toile. Haut., 78 cent.; larg., 1 m. 08 cent.

WYNANTS (Jan

59 — *Paysage.*

Sur la gauche, de vieilles maisons au bord d'une route qui se perd vers le fond; un paysan et une femme montée sur un âne conduisant une vache et quelques moutons.

Toile. Haut., 34 cent.; larg., 44 cent.

ÉCOLE ESPAGNOLE

60 — *Portrait d'un seigneur.*

Représenté debout, vu à mi-corps, il porte un habit rouge à broderies d'or et tient un fusil.

Portrait d'une remarquable franchise d'exécution, rappelant les œuvres de Vélasquez.

Toile. Haut., 1 m.; larg., 85 cent.

CARTE D'ENTRÉE

A L'EXPOSITION PARTICULIÈRE

DE

TABLEAUX ANCIENS

HOTEL DROUOT, SALLE N° 8

Le Samedi 22 Mai 1886, de 1 h. à 5 h.

COMMISSAIRE-PRISEUR	EXPERT
Me PAUL CHEVALLIER	M. E. FÉRAL, Peintre

www.ingramcontent.com/pod-product-compliance
Ingram Content Group UK Ltd.
Pitfield, Milton Keynes, MK11 3LW, UK
UKHW020218180726
13838UKWH00005B/2058